WALCYR CARRASCO
IRMÃO NEGRO

3ª edição

© WALCYR CARRASCO, 2016
1ª edição 1995
2ª edição 2003

COORDENAÇÃO EDITORIAL Maristela Petrili de Almeida Leite
EDIÇÃO DE TEXTO Marília Mendes
COORDENAÇÃO DE EDIÇÃO DE ARTE Camila Fiorenza
DIAGRAMAÇÃO Michele Figueredo
ILUSTRAÇÃO DE CAPA Maurício Planel
COORDENAÇÃO DE REVISÃO Elaine Cristina del Nero
REVISÃO Andrea Ortiz
COORDENAÇÃO DE BUREAU Rubens Rodrigues
PRÉ-IMPRESSÃO Vitória Sousa
COORDENAÇÃO DE PRODUÇÃO INDUSTRIAL Andrea Quintas dos Santos
IMPRESSÃO E ACABAMENTO Gráfica Terrapack
LOTE 781640
CÓD. 12103590

Dados Internacionais de Catalogação na Publicação (CIP)
(Câmara Brasileira do Livro, SP, Brasil)

Carrasco, Walcyr, 1951-
 Irmão negro / Walcyr Carrasco —
3.ed. — São Paulo : Moderna, 2016. —
(Série do meu jeito)

ISBN 978-85-16-10359-0

1. Literatura infantojuvenil I. Título. II. Série.

16-02265   CDD-028.5

Índices para catálogo sistemático:

1. Literatura infantojuvenil   028.5
2. Literatura juvenil   028.5

Reprodução proibida. Art.184 do Código Penal e Lei 9.610 de 19 de fevereiro de 1998.

Todos os direitos reservados

EDITORA MODERNA LTDA.
Rua Padre Adelino, 758 - Belenzinho
São Paulo - SP - Brasil - CEP 03303-904
Vendas e Atendimento: Tel. (11) 2790-1300
www.modernaliteratura.com.br
2023

Impresso no Brasil

À ATRIZ ZEZÉ MOTTA, POR SUA LUTA PELA VALORIZAÇÃO DOS NEGROS

Antes de começar minha história, faço questão de contar meu maior sonho. Ah, como eu queria ter um irmão! Um irmão para ser meu amigo! Para me fazer companhia. Como seria bom! Sou filho único. Um irmão me fazia falta! Quando era bem pequeno, imaginava:

— Ele vai chegar no Natal!

Pedia:

— Quero um irmão de presente!

Minha mãe ria. Desconversava. Mas, com o tempo, parou de sorrir quando eu falava. Se eu tocava no assunto, ficava triste. Era horrível ver minha mãe triste de repente, sem saber o motivo! Mais tarde descobri o motivo. Ela também queria que eu tivesse um irmão! Mas não conseguia ter mais filhos! Foi a muitos médicos. Tentou vários tratamentos. Nenhum deu certo. Finalmente descobriu a verdade. Havia um problema que a impedia de ficar grávida. Nunca comentou comigo. Foi meu pai quem me explicou tudo. Um dia me chamou para conversar:

— Leo, você precisa saber. Sua mãe não pode ter mais filhos.

Que susto! Quis saber o motivo. Ele explicou:

— Ela teve um pequeno tumor no útero. Não era grave, mas ela demorou a descobrir. Foi fácil de tratar. Mas nunca mais vai conseguir ficar grávida. Sei que você queria muito ter um irmão, filho. É uma pena.

Só então entendi a tristeza de mamãe. Nunca mais toquei no assunto com ela. Resolvi me conformar.

Ser filho único tem suas vantagens. Sempre tive festas superlegais nos meus aniversários, por exemplo. Ao contrário de muitos colegas de classe, que ganhavam só um bolinho, e olhe lá. Eu, não! Minhas festas tinham bolo, brigadeiro e refrigerante para toda a turma.

E os presentes? Ganhava mais presentes do que a maioria dos meus vizinhos! Não só no aniversário! Presente lá em casa nunca teve data. Volta e meia meu pai me trazia um carrinho, uma bola, um brinquedo de montar. Fui o primeiro garoto da rua a ganhar *video game* e *skate!* Tive também a primeira bicicleta. Minha avó, quando visita a gente, até reclama:

— Vocês mimam demais esse menino!

Mas, para dizer a verdade...

Apesar dos presentes, das festas e de um milhão de vantagens, se eu pudesse escolher, não queria ser filho único. De jeito nenhum. Meus pais trabalham fora o dia inteiro. Passo muito tempo sozinho. Seria ótimo ter um amigo dentro de casa. Um companheiro de todas as horas. Preferia ter um irmão a todos os *video games* do mundo! Mas, se não havia chance, o que fazer?

Tentei esquecer o sonho de ter um irmão. Como disse, resolvi me conformar!

Aprendi a me distrair com a televisão e os jogos eletrônicos. A ler, principalmente. Gosto de ler porque, por meio de um bom livro, a gente voa com a imaginação! Visita lugares diferentes. Conhece pessoas de todos os tipos. Até descobre como entender a cabeça dos outros que, para falar a verdade, às vezes é muito complicada!

Já nem pensava mais no assunto. A vontade de ter um irmão era como a marca de uma cicatriz. A gente sabe que está lá. Mas não fica cutucando o tempo todo.

Um dia, tudo mudou. Minha vida sofreu uma reviravolta!

A história começou com uma carta. Foi entregue quando eu estava sozinho em casa. Destinatária: minha mãe, Edith. Examinei o envelope. Vinha da Bahia. Que estranho! Nunca pensei que minha mãe conhecesse alguém por aquelas bandas. Logo que ela e meu pai chegaram do trabalho, avisei:

— Chegou uma carta. Está na estante da sala.

Mamãe ficou surpresa. Carta? De quem? Olhou o envelope, curiosa.

— Não conheço a remetente.

— Que esquisito! — papai falou, surpreso.

Ela ainda revirou a carta nas mãos, preocupada.

— Tenho medo que seja má notícia.

Impaciente, papai resmungou:

— É melhor abrir de uma vez. Se for má notícia, é bom saber logo.

Mamãe suspirou. Rasgou o envelope. Mal começou a ler, seus olhos se encheram de lágrimas.

— Que foi, Edith? — perguntou meu pai.

Ela abanou a cabeça, soluçando. Estendeu a carta. Ele leu, muito sério. Alguma coisa muito grave estava acontecendo! Meu pai pensou durante algum tempo. Finalmente, disse:

— É melhor você ir até lá.

Olhei para os dois, curioso. Minha mãe enxugou as lágrimas. Explicou:

— Ah, Leo, meu filho, estou de coração partido! Minha irmã morreu.

Levei um susto. Irmã? Mamãe nunca teve irmã!

— Como assim? Eu só conheço o tio Ernâni!

Meu pai pegou na mão dela, fez um carinho de leve. Mamãe suspirou fundo, como se tivesse uma dor cravada dentro do peito. Contou toda a história da tia que nunca conheci. Tudo aconteceu antes de mamãe vir para São Paulo, estudar, encontrar um emprego e conhecer papai.

A família de mamãe morava no interior da Bahia. Sua irmã, Edna, era quatro anos mais nova que ela. Sempre tivera uma personalidade diferente. Era inquieta. Falava em conhecer o mundo. Viver aventuras. Minha mãe, pelo contrário, era tímida. Vivia fechada em casa. As brigas entre meu avô, muito rigoroso, e a filha menor eram intermináveis, segundo contou minha mãe.

Quando cresceu, tia Edna fugiu com um rapaz que ninguém conhecia. Nem sabiam quem era. Seja dita a verdade. Meu avô era muito antiquado. Até proibia as filhas de irem ao cinema com os amigos. Mas tia Edna namorava escondido! Souberam mais tarde que ela foi vista com uma turma de motoqueiros. Rapazes e moças que vieram para um festival de rock realizado numa represa da região. Acamparam perto da cidade. O namorado devia ser algum dos motoqueiros. Mas conhecer, ninguém conheceu.

Durante muitos anos, mamãe não teve notícias da irmã. Às vezes chorava, pensando no que podia ter acontecido. Só depois da morte do meu avô, ela descobriu a verdade. Remexendo seus guardados, encontrou um maço de cartas escritas por Edna. Envelopes destinados a ela, ao irmão Ernâni, ao meu avô e à minha avó. Nunca tinham sido abertos. Meu avô os escondera todo aquele tempo! Mamãe já tinha computador, buscou pela irmã nas redes sociais. Nunca encontrou. Talvez tia Edna não tivesse computador, simplesmente.

Minha mãe chorou muito ao ler aquelas cartas amareladas. Soube que tia Edna fora morar em uma praia. Tivera um filho, Sérgio. Mais novo que eu! À medida que foi lendo as cartas, mamãe notou que se tornavam cada vez mais tristes. Chorosas. Tia Edna reclamava da falta de respostas. Achava que ninguém mais queria falar com ela! Na última, tia Edna avisava: não escreveria mais, a não ser que dessem notícias.

— Seu avô era muito conservador. Nunca perdoou a fuga de minha irmã. Por isso, não nos entregou a correspondência.

Graças às cartas, minha mãe descobriu o endereço de tia Edna. Era uma pequena vila de pescadores. Escreveu a ela, enviando nosso endereço — o mesmo em que vivo agora. Tia Edna só respondeu muito tempo depois. A carta se extraviara, pois ela e o tal rapaz se separaram. Tia Edna se mudou para Salvador, na Bahia, com o filho.

Nunca entrou em detalhes sobre sua vida. Depois de muito tempo sem notícias uma da outra, os laços entre as irmãs se tornaram muito frágeis.

— Eu fiquei sem jeito de perguntar se ela passava por dificuldades! — explicou mamãe. — Esperei, achando que um dia me contaria tudo.

A vida de ambas era muito diferente uma da outra, pelo que mamãe percebeu. O tempo e a distância impediam a antiga intimidade. Mamãe planejou ir à Bahia. Falar com a irmã olhando em seus olhos. Abraçar. Só então tudo voltaria a ser como antes!

Mamãe nunca pôde ir à Bahia. Acabara de arrumar um novo emprego. Teria de esperar pelas férias. Mais tarde, ocorreram outros problemas, e a viagem foi adiada mais uma vez. Tia Edna não quis vir a São Paulo, apesar dos insistentes convites da mamãe e do tio Ernâni. Quiseram até pagar a passagem. Orgulhosa, ela recusou. Sua vida, para a mamãe, era um mistério. Demorava para responder às cartas. Passaram a se corresponder apenas uma ou duas vezes por ano, para não perder o contato. Muitas vezes, minha mãe ficava preocupada com a situação financeira de tia Edna. Sabia que depois de morar numa vila de pescadores, sem estudar, talvez ela tivesse até dificuldade em arrumar emprego. Chegou a oferecer ajuda, se ela necessitasse, mas minha tia nunca aceitou.

— Foi terrível, Leo, porque eu pressentia que ela estava passando por grandes dificuldades. Talvez nem tivesse o que comer!

Finalmente, chegara a carta que mamãe tinha nas mãos. Fora enviada por uma vizinha da tia. A notícia não podia ser pior.

— Minha irmã morreu, filho. Morreu! — disse mamãe, chorando.

Tia Edna falecera havia quatro semanas. Ninguém sabia do pai de Serginho. Na casa, não encontraram nem o endereço de sua família. Aliás, nem a própria tia Edna sabia. Meu primo estava abandonado nas ruas, comendo aqui e ali, dependendo da caridade alheia. Haviam pensado em colocá-lo num orfanato. Mas a vizinha sabia que tia Edna tinha uma irmã em São Paulo. Entrou na casa e vasculhou as gavetas, até descobrir nosso endereço. Escreveu a carta, pedindo ajuda. O menino não podia continuar nas ruas!

Minha mãe não teve dúvidas.

— Vou buscar o menino. É o mínimo que posso fazer.

Meu pai concordou imediatamente.

— Amanhã mesmo você vai para Salvador. Viaja de avião e traz o menino.

— Ele vai morar com a gente? — perguntei, surpreso.

— Sem dúvida — disse meu pai.

— Sua avó está muito velha para criar um neto. Ernâni é solteiro. Nem tem como criar um menino naquele apartamento tão pequeno — completou mamãe.

Pela primeira vez, depois da carta, mamãe sorriu. Um sorriso misturado com a tristeza que sentia pela perda da irmã.

— Seu primo será como um irmão para você. Você sempre quis ter um irmão, não é?

Um irmão! Senti meu coração bater mais depressa. Meu pai explicou:

— Você vai estranhar no início. Vai dividir seu quarto, suas coisas. Quem sabe até os brinquedos. Mas pense na situação de seu primo, sozinho no mundo.

— Pai! Acha que quero ver meu primo morando na rua? De jeito nenhum! — respondi.

Aí comecei a fazer um monte de perguntas: a idade dele, se gostava de futebol. Tudo! Minha mãe não sabia responder:

— Eu e sua tia nos escrevíamos muito pouco. Nem e-mail a gente trocava, acho que ela nunca se deu bem com computador. É uma pena. Não sei como morreu. Se estava doente, se precisava de ajuda, não sei nada, nada da vida dela!

Em seguida, chorou de novo. Eu a abracei, bem carinhoso, do jeito que ela gostava.

— Não fica triste, mãe. Deve ser muito triste perder uma irmã. Mas a gente pode cuidar do filho dela do jeito que ela gostaria. Prometo que vou ajudar!

Papai nos abraçou também. Ficamos abraçados durante muito tempo. Naquela noite, meu pai cuidou do jantar, enquanto mamãe fazia a mala. Comemos ovos fritos, o único prato que ele sabe fazer! Minha mãe avisou o tio Ernâni, que veio nos visitar. Meu tio é um homem caladão. Mora sozinho. Dá aulas na faculdade de Filosofia e passa a maior parte do tempo estudando ou ouvindo música. Conversou bastante com meus pais. Concordou com a ideia do meu primo morar com a gente. Resolveu ir para o interior, visitar minha avó, para dar a notícia. Seria um choque para ela.

— É melhor falar pessoalmente. Perder uma filha sempre é difícil, apesar de tanto tempo de separação.

Fez questão de ajudar na passagem de avião. Foi ótimo, pois meus pais vivem esticando os salários, apesar de me darem tantos presentes!

No dia seguinte, meu pai acordou bem cedo. Comprou a passagem pela internet e à tarde minha mãe viajou.

À medida que os dias passavam, fomos ficando cada vez mais espantados com as notícias. Mamãe telefonava todos os dias. Contava coisas surpreendentes e, também, muito tristes. Por ter saído de casa muito cedo, sua irmã não estudara. Quando ficou sozinha com o filho, a situação tornou-se muito difícil, como mamãe suspeitava. Não tinha profissão alguma muito menos emprego. Segundo contavam as vizinhas, muitas vezes nem tinha o que comer. Morava numa casa velha, alugada, caindo aos pedaços. Vivia de bicos, fazendo uma costura aqui, outra ali, ou vendendo quentinhas na vizinhança.

Há um ano, antes de ficar doente, passou a fazer sanduíches e salgadinhos para vender na praia, e a situação melhorou um pouco. Nos últimos meses, porém, ficara inválida na cama, sem dinheiro algum. Para comer, vendeu o pouco que tinha de valor.

Ninguém sabia explicar como, mas era meu primo quem arrumava comida e dinheiro para remédios. Ele é mais novo do que eu. Não podia imaginar como conseguiu sustentar a mãe doente!

Minha mãe tratou de se desfazer dos poucos móveis, embalar os objetos. Não havia nada precioso, mas ela queria guardar algumas coisas como lembrança. Também queria que meu primo, mais tarde, tivesse algumas recordações da mãe. Soube que mamãe chorou muito quando encontrou um álbum de fotografias, com retratos dela, do meu tio, dos meus avós, e até um meu, que ela enviara para a irmã. Os retratos estavam guardados com carinho, junto com algumas roupas. Mesmo distante, tia Edna pensava em nós com amor.

Um dia falei com mamãe ao telefone. Estava curioso. Afinal, ia ganhar um irmão quase da minha idade. Não conseguia nem imaginar o jeito dele! Se gostava de música, de futebol! Se era craque no *video game*... Enfim, havia uma porção de coisas que eu queria saber.

— E meu primo, como é?

Antes de falar, minha mãe fez uma pausa, como se estivesse pensando. Finalmente, respondeu:

— É muito inteligente, mas está assustado com o que aconteceu. Desde que a mãe morreu, ficou sem casa. Chegou a dormir na rua. Precisa muito de nós. Você vai gostar dele, tenho certeza.

— Claro que vou!

— Seja muito amigo dele, Leo.

— Volta logo, mãe! Estou louco pra conhecer meu irmão!

Enquanto esperava, contei para todo o pessoal da rua.

— Ganhei um irmão! Meu primo vem morar com a gente.

— Então não é irmão, é primo! — disse Joyce, que sempre gostava de corrigir o que a gente falava.

— Mas vai ser como irmão, porque ele não tem mais casa. A partir de agora minha casa será a dele!

Toda a turma queria conhecer meu futuro irmão. Queriam saber como era viver na Bahia. Artur disse que a mãe dele sempre fazia comidas baianas, como moqueca de peixe e vatapá.

— São superapimentados!

Nice já tinha ido a Salvador, uma vez, numa viagem de férias. Mas fazia muito tempo, porque logo depois seu pai ficou sem emprego. Desde então, não viajaram mais pra lugar nenhum.

— Tem um mar que é lindo, lindo! Só que eu tomei muito sol e fiquei vermelha que nem um tomate. Tive de passar o resto dos dias de férias dentro do hotel, na sombra.

Lembrou-se com saudade daqueles dias bons.

— Meu pai disse que, quando a situação melhorar, a gente vai passar um mês inteiro na Bahia — suspirou Nice.

Lá no fundo, desejei que isso acontecesse depressa. O pai de Nice estava sem emprego havia mais de um ano e, pelo que eu sabia, a situação na casa dela andava de lascar. Só de pensar nisso, fiquei triste, porque a Nice é muito legal.

— Quero conhecer seu primo logo que ele chegar! — disse ela. — Vamos conversar sobre a Bahia!

Alguns dias depois, minha mãe telefonou. Havia devolvido a casa, pago o último aluguel. Falou com um advogado para encaminhar o processo. Havia alguns problemas legais para garantir a guarda do menino, mas nada muito difícil de resolver. Como meu pai também é advogado, poderiam tratar desses papéis em São Paulo. Já estavam com o voo marcado para a tarde seguinte. Chegariam à noite.

Fomos esperá-los no aeroporto. Durante o trajeto, notei que meu pai me observava, preocupado, como se estivesse pensando em alguma coisa e não quisesse me dizer.

— Você está com um jeito esquisito, pai!

— Não é nada.

Quando anunciaram a chegada do avião, ficamos bem na frente do portão de desembarque. Logo vi minha mãe caminhando em nossa direção. Parecia cansada, mas feliz. Trazia pela mão um menino tímido, de jeito assustado, pouco menor do que eu.

Mas foi uma surpresa daquelas!

O meu primo era negro! Bem escuro! Devia ter saído ao pai, porque até os cabelos eram como os dos negros.

Quando eu pensava em meu novo irmão, nunca imaginava que ele seria negro. Na minha cabeça, deveria ser mais ou menos parecido comigo. Loiro. Talvez até com olhos azuis iguais aos meus. Fiquei de boca aberta.

Nem sei como não entrou um mosquito na minha garganta.

Na minha frente estava meu primo. Era o companheiro que eu esperava havia tanto tempo! Lembrei que uma vez estudei sobre a formação do povo brasileiro. Como os portugueses, índios e negros foram tendo filhos, misturando os tipos. Mais tarde vieram os imigrantes italianos, espanhóis, alemães... Portanto, nada mais normal que ter um primo negro, ou com tipo de índio. Às vezes até irmãos têm tipos bem diferentes um do outro. Puxa! Tudo aquilo passou pela minha cabeça num segundo. Não quis que ele percebesse minha surpresa. Sorri. Era meu primo. Meu irmão! Queria que se sentisse bem! Minha mãe nos apresentou.

— Leo, este é seu primo, Sérgio. Vamos, dê um abraço de boas-vindas!

Notei que meu pai me observava, sério. Minha mãe também estava um pouquinho preocupada. Puxa, às vezes os pais da gente parecem bobos. Será que eles pensaram que eu não ia gostar do meu primo só por causa da cor? Só fiquei surpreso, porque nunca havia pensado nessa possibilidade.

Abri os braços! Apertei bem forte! Sérgio ficou admirado. Hesitou. Era bem tímido, logo vi. Depois também me abraçou. Meu pai e minha mãe sorriram, se abraçaram também e trocaram um longo beijo. Acho o máximo, porque às vezes meus pais se comportam de um jeito muito apaixonado!

Só mais tarde, no caminho de volta, fiquei pensativo.

Como seria ter um irmão negro? Será que isso mudaria minha vida?

Nem podia imaginar tudo o que iria acontecer.

No começo, estranhei seu modo de ser. Ele parecia ter medo de tudo. Roupa, praticamente não tinha. Minha mãe comprara uma calça e umas camisetas em Salvador, para os primeiros dias. Procuramos no armário e encontramos umas roupas que não me serviam mais. Mas não muitas: apesar de só termos um ano de diferença, ele era magrinho e pequeno, bem menor do que eu. Minha mãe foi a uma loja e comprou shorts, bermudas, calças e moletons. Trouxe também um tênis. Nessa, quem saiu perdendo fui eu, é claro. Já andava de olho em um tênis novo, de marca. Mas minha mãe explicou que, por causa dos gastos com a viagem e com as roupas, eu deveria continuar com o velho... e por um bom tempo!

Contando assim, devo dar a impressão de que sou um anjo! Que fui superlegal e aceitei tranquilamente a perda do tênis. Aceitei coisa nenhuma! Fiz o maior barulho, confesso. Insisti, falei com meu pai. Não adiantou. Ainda por cima, ouvi:

— Filho, você tem de aprender a ser compreensivo. Talvez sua avó tenha razão, você está muito mimado!

Mimado, eu?! É o drama de todo filho único. Comigo acontece o mesmo que com um amigo meu. Sempre dizem que filho único é mimado. Fico furioso só de ouvir essa palavra.

Acabei me conformando com a perda do tênis. Principalmente por causa do meu primo, que ia ficar muito chateado se ouvisse minha queixa. (Só reclamei depois que ele estava dormindo.)

Mas... ah... ele era bem esquisito!

Desde a primeira noite, vi que ele se comportava de um modo diferente! No primeiro jantar, por exemplo. Minha mãe fez uma macarronada, dessas bem simples, com molho de carne moída, só para matar a fome. Meu pai comprou refrigerante. Sérgio comeu mais que todos nós juntos! Que fome, puxa vida! E também se esbaldou com o refrigerante. Eu nunca vira alguém com tanto apetite, principalmente sendo tão magrinho! E o *video game*, então? Nunca tinha posto as mãos em um. Se tinha visto, fora só em vitrine de loja!

Quando botei o jogo, Sérgio ficou paralisado de surpresa. Depois, começou a rir, como se tudo aquilo fosse piada. Tentei explicar as regras. No começo, não conseguiu brincar, porque se atrapalhava com os controles. Pior: e cada vez que se confundia, tinha um ataque de riso. Reclamei:

— Assim não dá pra brincar!

Mais que as palavras, ele sentiu o tom da minha voz. Parou imediatamente, soltou os controles. E me olhou em silêncio. Que estranho! Percebi que estava... com medo. Mas medo de quê? De mim? Fiquei sem saber como agir. Então, falei:

— Eu não estou bravo com você não, Sérgio. Só quero explicar como se joga.

O negócio era ter paciência. Expliquei com muito jeito. Aos poucos, ele foi descobrindo como se joga. Mas se cansou depressa. *Video game* só tem graça quando a gente domina o controle e pode jogar bastante tempo.

Outra vez, tentei puxar papo:

— O que você fazia na Bahia?

Ele não me respondeu. De novo, seus olhos mostraram um susto, um medo tão grande que até me senti mal. Havia algum mistério, alguma coisa que ele não tinha coragem de contar. Eu precisava descobrir o que era. Fui fazendo perguntas, puxando assunto sobre sua vida.

Quis saber em que ano estava na escola.

— Não vou mais, não.

Tinha parado de estudar.

— Sérgio, você fugiu da escola?

— Eu gostava da professora.

— Parou por quê?

Silêncio. Só aquele olhar fixo, que escondia alguma coisa.

Na manhã seguinte ao dia de sua chegada, quis conversar com minha mãe. Era sábado, meu pai também não tinha ido trabalhar e Sérgio estava tomando banho. Tinha curiosidade sobre um assunto:

— Por que você não me contou que ele era negro, quando a gente se falou pelo telefone?

— Quando eu falo de você, preciso dizer que é branco?

— Não, mas... Agora eu já disse para os meus amigos que meu irmão estava chegando. Como vou falar que ele é negro?

Papai entrou na conversa.

— Eu e sua mãe falamos sobre isso, Leo. Nenhum de nós sabia que sua tia havia se casado com um negro. E que o filho tinha puxado o pai.

— Aí resolvemos ver sua reação. Estamos orgulhosos de você, meu filho. Mostrou que tem cabeça aberta — completou mamãe.

Pensei no que eles me diziam. Insisti na minha pergunta.

— Mas, quando meus amigos perguntarem, o que eu digo? Ninguém vai acreditar que é meu irmão.

Minha mãe falou, bem séria:

— Diga a verdade. É o melhor. Diga que é seu primo, filho da irmã de sua mãe, e que agora é seu irmão. Tornou-se parte de nossa família. É simples.

Meu pai também aconselhou:

— Espere pela reação de cada um. Você vai ter muitas surpresas. Boas e ruins. Não vou enganar você, meu filho. Tem gente racista, sim. Mas é melhor a gente não se preocupar com isso agora. Vamos ver o que acontece. Quando surgir algum problema, a gente descobre o que fazer.

— E por que ele tem um jeito tão assustado? — continuei.

— A vida de sua tia não foi fácil, mal conseguia sobreviver. Seu primo passou por muitas dificuldades, desde pequeno. Ainda por cima, tudo piorou com a doença e a morte da mãe — disse papai.

— Você acha que ele tem algum segredo?

— Quem sabe, ele passou por tanta coisa! — refletiu mamãe. — Mas o que importa agora é o futuro! Leo, prometa fazer o máximo pro Sérgio esquecer tudo de ruim!

— Claro! Pode ter certeza, mamãe!

Pude ver a alegria nos olhos dos meus pais. Eles sabiam que eu cumpria todas as minhas promessas. Acho horrível quando uma pessoa garante que vai fazer isso ou aquilo e depois não está nem aí para o que disse! Quando prometi ser um supercompanheiro para meu primo, falava sério! Muito sério!

Mas, é claro, estava com minhocas na cabeça.

Meu primo tinha algum segredo. Um segredo sobre o qual não queria falar. Era por causa desse segredo que tinha tanto medo. O que seria?

Resolvi descobrir a verdade. O segredo! O que aconteceu de tão horrível para ter um olhar tão assustado?

Desde a chegada do meu primo, comecei a pensar na reação dos meus amigos. E dos pais deles. Como eu disse, não sou bobo. Só não tinha ideia de como seriam as coisas. Será que algum deles era racista? O melhor era saber depressa. Resolvi apresentar meu primo pra toda a turma o mais rápido possível. E o melhor de tudo era que havia uma oportunidade. Ele chegara justamente perto do aniversário da Clarice, irmã da Joyce. Tinha festa! Eu poderia apresentar o Sérgio para todos os meus amigos de uma vez!

Assim, naquele dia, depois que meu primo tomou banho, eu disse para minha mãe:

— Vou levar o Sérgio na festa da Clarice!

Notei seu olhar preocupado, mas ela nada disse. Minha mãe tem um jeito muito parecido com o meu. Prefere encarar tudo, sem perda de tempo! Se existisse algum problema, saberíamos bem depressa! Concordou com a ideia e chamou o Sérgio:

— Vem tomar café!

Ele se sentou à mesa com o mesmo olhar assustado da noite anterior. Esquisito. Parecia ter medo de comer. Olhou para os lados, como quem verifica se tem alguém. Em seguida, pegou o pedaço de pão e devorou, encolhido, como se estivesse em um canto da sarjeta. Eu e minha mãe nos olhamos, sem entender.

— Sérgio, não precisa ter medo. Pode comer o pão à vontade que ninguém vai tirar de você. Veja. Fiz este bolo para comemorar sua chegada — disse minha mãe.

Eu já havia sentido o cheirinho e estava engolindo em seco, de tanta vontade de comer um pedaço. Adoro bolo quentinho! Mamãe cortou uma fatia, colocou em um prato e deu pra ele. Sérgio pegou sem jeito. Sentei também, peguei o meu pedaço. Só depois disso ele comeu o bolo. Foi perdendo o medo e daí a pouco devorou mais três fatias, uma seguida da outra. Tomou duas canecas de café com leite e comeu mais dois pãezinhos com manteiga. Não conseguia entender. Como ele não explodia de tanto comer?

Mamãe saiu com o carro de papai. Foi comprar as roupas pro Sérgio (e torrar o dinheiro do meu tênis, como já contei). Aproveitou pra passar na escola e tratar da matrícula dele, o que foi bem difícil. Era preciso pedir alguns papéis em Salvador. Mas a época era ótima, pois as aulas ainda não haviam começado, apesar de o prazo de inscrição ter terminado. Mamãe aproveitou e trouxe também um presente para Clarice, num pacotinho bem bonito.

Na hora da festa, ela nos levou de carro até o prédio em que moram as duas irmãs. É o melhor prédio do bairro. O único com *playground* e piscina!

— Tomara que vocês se divirtam bastante!

Apesar do seu jeito tranquilo, notei que continuava preocupada. Não havia nenhum negro na turma. Meus amigos gostariam do Sérgio?

Mal entrei no prédio, descobri como é diferente ter um irmão negro. As pessoas agem de outro modo. Sérgio estava mais bem vestido do que eu, com um moletom novinho! Mesmo assim, quando chamei o elevador, o porteiro avisou, olhando para ele:

— Garoto, vai pela entrada de serviço.

Sérgio mostrou aquele olhar de medo que eu já conhecia. Começou a caminhar na direção apontada. Estranhei:

— Por quê? Ele é meu irmão. Eu venho sempre aqui e uso o elevador social.

O porteiro ficou meio sem jeito, disfarçou. Sacudiu os ombros:

— Ah... sei. Podem subir juntos. Pensei que ele fosse o filho de alguma empregada.

Fiquei revoltado. Elevador de serviço, eu acho, só devia ser usado por quem está com compras, ou material de trabalho que possa atrapalhar a vida dos outros moradores do prédio. Foi a primeira vez que vi o racismo de perto, na atitude do porteiro. Quando alguém vê um negro ou mulato, já vai pensando que é pobre, que é filho da empregada. Aliás, por que a empregada ou o filho têm que tomar elevador diferente? Não é gente, como todo mundo? Até aquele dia, nunca tinha refletido sobre o assunto. Talvez até agisse da mesma maneira, sem perceber.

Quando subimos ao apartamento de Clarice, as ideias não estavam tão claras como agora. Naquela noite, só fiquei um pouco intrigado. Era um mau sinal. Se o porteiro do prédio falava em elevador de serviço, talvez a turma fosse muito pior.

Clarice tem só um ano menos do que Joyce, e é muito bonita. É morena, tem cabelos cacheados e os lábios bem vermelhos. Para dizer a verdade, sempre fez um pouco de charme pra mim. Eu ficava na minha, porque ela tem a mania de mascar chiclete o dia todo. Pensei muitas vezes: e se eu desse um beijo nela e engolisse o chiclete?

Logo que entramos, a Clarice veio correndo:

— Leo, que bom que você chegou!

Ela me deu um beijo no rosto, e já fiquei melado por causa do chiclete. Que raiva! Aí, ela olhou para o Sérgio, com ar de indagação no rosto. Entreguei o presente em meu nome e no dele.

— Sérgio?

— É meu irmão.

Clarice nem abriu o pacote, de tanta surpresa. Pus o braço no ombro de Sérgio e fui entrando, empurrando-o de leve. Ele era tão tímido que talvez ficasse na porta a festa inteira. Joyce, Marcos, Artur, Nice e Gabriel estavam todos sentados, fazendo pose de adultos. Era impressionante. Joyce estava de pernas cruzadas e sapatos de salto, sentada igual a uma modelo cuja foto vimos numa revista, na semana passada. A dona da casa, mãe das duas, é que estava trabalhando feito louca. Eu sempre tinha ouvido dizer que ela tratava as filhas como princesas. Puxa, era verdade! A mãe era a única a passar as bandejas de salgadinhos, a trazer os copos etc.

Caminhei até o sofá.

— Oi, pessoal. Este aqui é meu novo irmão, Sérgio.

Todo mundo nos encarou como se eu estivesse com um marciano. O Gabriel falou, espantado:

— Esse neguinho é seu irmão? Como é possível?

— Ele é meu primo direto. Mas será como irmão, eu já falei pra vocês. É negro porque minha tia casou com um negro. Queria que fosse verde?

Aí, Nice se levantou, foi até Sérgio e deu dois beijos no rosto dele, um em cada bochecha.

— Mas como você é bonito! Parece um daqueles cantores baianos, não parece!? Você gosta de música?

Para minha surpresa, Sérgio respondeu:

— Minha mãe tocava violão.

Nice puxou Sérgio pela mão e afundou com ele no sofá. Os outros olharam um pouquinho, depois continuaram a bater papo. Ninguém, a não ser Joyce, Clarice e a mãe, se preocupou muito com a cor do meu novo irmão. Pelo menos naquele momento. Mas também não deram a menor atenção para ele. Como se não existisse! Ainda bem que Nice estava ali! Os dois conversaram baixinho, como velhos amigos. Clarice veio com o pacote do presente que eu tinha dado, toda feliz.

— Adorei, Leo!

Era uma surpresa até pra mim, pois eu não abrira o pacote e, na pressa de sair, nem perguntei pra minha mãe o que era.

— Um estojo de maquiagem! — mostrou Clarice.

A mãe dela comentou:

— Mas você é muito nova pra usar batom.

— Deixa disso, mãe! Eu vou ficar super! Ah, Leo, foi o presente mais legal do meu aniversário.

Eu dei um sorriso, contente. É legal fazer sucesso com um presente. Só tenho uma dúvida: como ela vai sair pela rua, toda maquiada, mascando chiclete? O batom vai ficar todo lambuzado!

Depois de algum tempo, Joyce me chamou num canto. A mãe dela estava por perto, de orelha em pé, para ouvir a conversa. Como se eu não fosse perceber!

— Ele é mesmo seu primo?

— É meu primo, sim. Ih, Joyce, você já sabe toda a história. Vai ser como meu irmão, porque minha tia morreu. Ele veio morar com a gente.

A mãe dela não resistiu e entrou na conversa:

— Será que sua mãe pensou bem? Veja, é um menino diferente, criado na Bahia, com outros hábitos...

Eu estava preparado para responder. Não é à toa que passei a noite toda com os miolos fervendo, pensando, pensando e pensando em como seria ter um irmão negro.

— Dona Bina, eu sei que a senhora está querendo dizer que é estranho ter um irmão negro. Mas eu, minha mãe e meu pai gostamos muito dele.

— Não foi o que eu quis dizer, mas... será que ele é mesmo seu primo? Tem traços tão diferentes!

A raiva foi subindo na minha garganta. Eu estava quase dando uma resposta daquelas, porque não suporto quando as pessoas dizem uma coisa e estão pensando outra. Vi o jeito dela. O que não gostava mesmo era da cor de meu irmão. E, por não gostar da cor, começou a inventar assuntos, a fazer perguntas, como se andasse em círculos. Como se estivesse preparando uma armadilha para eu concordar com ela e aí, quem sabe, fazer com que eu tivesse vergonha do meu irmão.

Nunca que eu ia cair na conversa dela!

Estava pensando na resposta que devia dar. Mas nunca pude dizer. Aconteceu uma coisa impressionante!

Nesse instante, Clarice colocou uma música. Nada especial, um rock acelerado, que andava muito em moda. Apenas um rock.

Mas... foi horrível.

Meu primo deu um grito.

Um grito de medo tão forte, que me gelou o sangue.

Gritou e saiu correndo. Pulou do sofá, disparou para a porta e saiu voando pelas escadas. Nem pude dizer nada. Vi a expressão da turma, chocada. Nice de pé, sem entender coisa alguma. Joyce e Clarice, paralisadas. A mãe das duas com a boca aberta, como se fosse gritar também. Tudo isso passou pelos meus olhos como um filme. Não pensei um segundo.

Saí correndo também, escada abaixo.

Alcancei meu primo na esquina. Nunca tinha visto ninguém correr tão rápido! Só consegui chegar até ele porque resolveu parar. Encostou-se num muro, logo na virada da rua. Como se fugisse de alguma coisa.

Não tive dúvidas. Abracei meu irmão e disse:

— Não tenha medo, Sérgio. Não tenha medo de nada. Eu protejo você.

Senti uma enorme ternura no meu coração! Perguntei, com cuidado:

— O que aconteceu, Sérgio? Por que você deu aquele grito?

Mal podia falar. Somente seus lábios se moviam. Tentava dizer alguma coisa.

— Repete, Sérgio. Não estou ouvindo. Preciso saber o que é.

— A música.

Começou a chorar, encostado no meu peito. Eu queria andar, sair dali, mas ele não se mexia.

Música, que música? Só podia ser a que tocou na festa. Por que ter medo de uma simples música? As notas musicais não têm garras, não têm dentes, não têm ódios.

Era mais uma peça naquele quebra-cabeça.

Gosto de ficar na cama, pensando. Foi o que fiz naquela noite, enquanto meu primo dormia enrolado nos cobertores. Era muito friorento. Também, pudera! Acostumado com o calor da Bahia, Sérgio se arrepiava ao menor ventinho.

Logo cheguei a uma conclusão. Alguma coisa terrível havia acontecido com meu primo. Quando ouvia a música, ele se lembrava de tudo por que passou. O que seria? Mais ainda: por que não contava pra mim, ou pra minha mãe e meu pai? Só mais tarde descobri que às vezes o medo fica tão preso dentro da gente que é como uma fera enjaulada, uivando em nosso coração.

No dia seguinte, surgiu mais um problema.

O prédio em que moram Joyce e Clarice é o único que tem piscina aqui no bairro, como já contei. Eu e o pessoal da turma costumávamos nadar no prédio todo sábado e domingo. Normalmente as piscinas de prédio são só para os moradores. Mas a mãe delas é muito amiga do síndico, e nunca houve problema. Até o domingo seguinte ao aniversário da Clarice.

Como fazia sempre, me aprontei para nadar. Eu e Sérgio vestimos nossos calções, pegamos uma toalha cada um e fomos para lá, no horário de sempre. Sérgio andava depressa, animado, com os olhos brilhantes. Acostumado a viver na praia, devia estar sentindo muito a falta da água. Quando chegamos, chamei Clarice e Joyce pelo interfone, como fazia todas as vezes. O porteiro demorou no aparelho. Em seguida, avisou:

— Elas já vão descer.

Estranhei. Normalmente, a gente se encontrava diretamente na piscina. Esperei um pouco. Joyce e Clarice apareceram. Joyce estava toda sorridente, como se estivesse no melhor dos mundos. Clarice, completamente sem jeito.

— Aconteceu alguma coisa? — perguntei.

— Ah, Leo — disse Joyce —, você nem sabe. O síndico proibiu quem não é do condomínio de frequentar a piscina. Avisou minha mãe hoje cedo!

— É isso mesmo, Leo — continuou Clarice, em voz baixa. — Não vai dar pra você e ele nadarem aqui.

— Que chato. Então a gente podia ir brincar lá na pracinha.

Joyce e Clarice se olharam, confusas. Clarice parou de mascar o chiclete. Tirou e fez uma bolinha, que pregou na grade do prédio.

— Também não vai dar — continuou Joyce. — Eu e a Clarice vamos ajudar minha mãe na limpeza da casa. Depois da festa de ontem, o apartamento ficou uma bagunça. Fica pra outra!

Vi que Sérgio ficou chateado. Mas o que fazer? Nós nos despedimos e começamos a voltar para casa. Lembrei-me de passar no supermercado, que fica logo na esquina seguinte ao prédio. Tem sempre filmes em promoção. Normalmente eu vejo direto na televisão mesmo. Mas e se desse sorte de achar um desses que não passam nunca? Tinha certeza de que Sérgio iria adorar os desenhos da Cinderela, Aladim ou Branca de Neve. Ah, se eu soubesse!

Devia ter pego o *Pinóquio*, em homenagem às duas irmãs mentirosas! Se o nariz delas crescesse como o do boneco de madeira, teria chegado até o alto do prédio! A mentira tem perna curta, como logo descobri.

Entramos no supermercado, mas não havia nenhum filme que eu quisesse em promoção. Saímos de mãos vazias.

— Que pena — comentei, quando saímos.

Para voltar, era preciso passar novamente diante do prédio da Joyce e da Clarice. Quando saí do supermercado e pisei na calçada, tive a maior surpresa!

Gabriel estava entrando no prédio da Joyce, de toalha na mão, como se a proibição do síndico nunca tivesse existido.

Pior: Joyce estava na frente da grade, abrindo o portão de ferro.

Mil pensamentos passaram pela minha cabeça. Resolvi ir até lá tirar satisfações. Perguntar por que eu e Sérgio tínhamos sido cortados da piscina. Senti um toque nos ombros. Virei. Era Nice.

— Foi a mãe das meninas — explicou. — Ela não quer que vocês nadem na piscina do prédio.

— Por quê?

Nice olhou para meu primo, fez um sinal em sua direção. Por sorte, Sérgio estava distraído lendo um cartaz pregado no muro.

— Mas o que ele fez de tão ruim?

— Leo, se toca! Parece que anda com a cabeça na Lua! Você devia ter percebido tudo quando chegou na festa, ontem. Viu a cara da mãe delas? E da Joyce? E da Clarice?

Abri meus olhos pela primeira vez. Até aquele instante, era como se eu fosse cego, incapaz de perceber a realidade. Só estava preocupado com a reação das pessoas, com comentários. Não imaginava que fossem agir dessa maneira. Agora entendia tudo! Não gostei nada do que estava descobrindo. Nice continuou:

— Quando elas me ligaram de manhã, pedindo pra disfarçar se encontrasse com vocês na entrada do prédio, fiquei louca da vida.

— Por que não me disse nada? — quis saber.

— Eu tentei avisar! Pra você não passar pela vergonha de ser barrado. Mas quando cheguei na sua casa vocês já tinham saído. Cheguei tarde, não?

— Deixa pra lá, Nice.

Só então percebi as lágrimas correndo pelo meu rosto. Fiquei furioso. Não gosto de chorar na frente de ninguém. Pra piorar as coisas, ela disse:

— Não chore.

— Não estou chorando — respondi, enquanto as lágrimas pingavam no meu nariz. — Vai nadar com eles. Você não precisa brigar com a turma por minha causa.

— De jeito nenhum, Leo, eu sou sua amiga. E do Sérgio também. Vocês podem contar comigo!

A conversa foi me acalmando. Eu e Nice voltamos andando pela calçada. Sérgio ia um passo atrás, distraído, olhando os prédios, as casas. Pelo menos uma coisa eu estava aprendendo: a conhecer meus amigos. Quem era quem!

Decidi não contar nada a mamãe. Ela ficaria muito chateada. Também não falei nada pro Sérgio. Embora, pelo jeito, ele estivesse entendendo tudo muito bem! De uma coisa eu tinha certeza: minha amizade com a turma estava quebrada como galho de árvore em dia de chuva.

Ninguém me procurou nos dias seguintes. Passei o tempo brincando dentro de casa. Só uma coisa valeu: Sérgio aprendeu a mexer direitinho no *video game*. A gente jogava partidas. Só que não tinha muita graça. Modéstia à parte, eu sou um craque! Ele não dava nem pro cheiro. Além disso, eu sentia falta do futebol, das brincadeiras de rua, da conversa com meus amigos. Sérgio era só um pouco mais novo que eu, mas parecia muito menor! Não sabia de nada! Tinha de explicar tudo o que eu falava, como se ele tivesse morado numa selva! Uma vez comentei com papai:

— Ele não conhece nem marca de automóvel, pai! Nunca viu nem corrida da Fórmula 1!

— Pode ter certeza de que ele também sabe muitas coisas de que você nunca ouviu falar — respondeu meu pai.

Pensei: mas se ele sabe não vai contar! Era como se tivesse a boca costurada. Falava pouco. Sua vida era o mais completo mistério!

Eu já sou grande e não preciso ficar sob os cuidados de uma empregada. Temos uma vizinha, que é viúva. Mora sozinha. Os filhos são casados. Há vários anos, desde que voltou a trabalhar, minha mãe combinou com ela para eu almoçar lá todos os dias. Normalmente, tenho aula na parte da tarde, então de manhã a vizinha sempre dá uma passadinha em casa para ver se estou bem. Nas férias, ela passa também à tarde e fica vendo televisão na sala de casa. No início, minha mãe tinha muito medo de me deixar sozinho. Com o tempo, se acostumou, porque não sou do tipo que apronta.

A única vez que minha mãe ficou furiosa comigo foi quando fiz um barzinho de cachorro-quente na cozinha de casa. Foi fácil! Peguei toda a salsicha da geladeira, pus na panela com água, fervi, botei no meio dos pães, enchi de ketchup e mostarda e vendi pra turma. Com o dinheiro comprei mais pão e vendi cachorro-quente pro jornaleiro, pro homem da quitanda, pra um garoto que vinha passando na rua. Pensei que ia ficar rico! Mas, quando minha mãe chegou, viu o chão cheio de ketchup e descobriu que o estoque de salsichas do mês tinha acabado. Ficou furiosa. Eu nem podia mostrar o dinheiro, porque tinha gastado tudo em doces na padaria! Ela disse que ia pôr um cadeado na geladeira se eu voltasse a fazer coisa parecida! Prometi e cumpri: nunca mais montei o barzinho. Perdi a freguesia!

Quando meu irmão veio morar em casa, ficou combinado que eu ajudaria a tomar conta dele. Meus pais têm muita confiança em mim, apesar de alguns deslizes, como o das salsichas.

Só contei tudo isso para dizer que, nas primeiras semanas, minha mãe e meu pai nem perceberam que eu passava os dias dentro de casa, longe dos meus amigos. Eu morria de saudade da turma e às vezes via todos eles brincando na pracinha. Uma vez, passei em frente ao prédio da Joyce e vi Gabriel entrando. A única pessoa que ainda queria ser minha amiga era Nice. Mas justamente ela não podia brincar. Desde que o pai ficara desempregado, a mãe dela começou a fazer geleias para uma confeitaria muito chique da cidade. Era disso que eles estavam vivendo, e Nice ajudava lavando panelas, limpando frutas. Só pôde me visitar uma vez. Às vezes eu lembrava do tempo em que não tinha irmão nenhum e sentia saudade. De repente, tinha trocado todos os meus amigos por aquele garoto calado, de olhar assustado, que passava o tempo todo parado, brincando em silêncio. Será que valia a pena ter um irmão assim?

Um dia vi minha mãe falando com a vizinha. Notei que fez uma expressão de surpresa quando soube que eu estava mudado, não saía mais de casa. Ela veio até mim, preocupada:

— Leo, por que você fica aqui o dia todo? Não gosta mais de seus amigos?

— Ah, mãe... a turma é muito chata.

— Mas você sempre foi tão amigo do Gabriel, da Joyce, da Clarice.

— É que... eles não gostam do Sérgio.

Minha mãe e eu nos olhamos longamente. Bastaram aquelas palavras para ela entender tudo o que estava acontecendo. Não falamos mais sobre o assunto. Sábado de manhã, ela me deu um dinheiro legal e disse que eu podia levar o Sérgio para conhecer o shopping. Contei as notas: dava pra ir na lanchonete, na doceria e até pra comprar dois bonés!

Depois do almoço, meu pai nos deixou de carro bem na entrada.

Ah, que delícia!

Eu e Sérgio fomos a uma loja que vende bolos. Acho que tem os melhores bolos do mundo naquela vitrine! Tem de morango, de coco, de chocolate, de brigadeiro, de nozes! Nem dá pra descrever tudo, porque eu fico com a boca cheia d'água só de lembrar! E, se eu fiquei assim, imaginem o Sérgio. Parecia que tinha visto um fantasma. Os olhos estavam superarregalados, não conseguia nem escolher. Olhava um, olhava outro. Acabei pedindo pelos dois, senão a gente não saía de lá nunca. Nessa loja, a gente é que escolhe o tamanho da fatia. A moça pesou dois pedaços bem grandes. Paguei e comemos até deixar os pratos limpinhos.

Aí fomos comprar os bonés.

Era uma loja enorme, e ficamos um tempão escolhendo. Sérgio ria tanto! Parecia que estava num parque de diversões. Pegava um, pegava outro! Era uma festa! O vendedor já estava cansado, quando escolhemos. Foi fazer o pacote, enquanto eu pagava. Quando voltei, Sérgio estava esperando, na frente da loja. Abrimos o pacote e pusemos os bonés.

Continuamos olhando as vitrines. Paramos na frente de uma butique com bonés bem parecidos com os nossos. Vi, do outro lado, um balcão de revistas, balas, pirulitos, chocolates. Já estava quase na hora de voltar para casa e decidi gastar o resto do dinheiro. Em balas, é claro! Pedi para Sérgio ficar bem ali, em frente à loja, até eu voltar. Não demorei muito para escolher. Estava pegando o pacotinho quando ouvi a maior gritaria:

— Pega ladrão!

Olhei, assustado. Ladrão no shopping?

Havia um monte de gente na frente da loja. Sérgio estava correndo pelos corredores, fugindo, com dois seguranças atrás. Comecei a gritar também:

— Sérgio, Sérgio, pare!

Ele nem me ouviu. Corria com todas as forças. Mas, por mais rápido que fosse, não era páreo para os seguranças. Foi cercado. Um monte de gente ficou em volta. Eu gritava, tentava passar pelas pessoas, mas elas não me deixavam. Vi, através das pernas da multidão, quando Sérgio foi preso, com as mãos postas para trás. Era incrível! Ele se debatia tanto que foi preciso três seguranças para prendê-lo.

Quando finalmente cheguei até eles, gritei:

— Por que ele está sendo preso? O que foi que ele fez?

— Roubou um boné! É trombadinha!

Entendi tudo. O dono da loja pensou que ele tinha pego o boné em exposição!

— Não roubou, não. Eu comprei, ele é meu irmão.

Ninguém me ouviu. Nem prestaram atenção em mim. É horrível quando pensam que a gente é muito criança e não sabe do que está falando. Não tive dúvidas. Liguei para o celular do meu pai.

— Sérgio foi levado pelos seguranças...

Meu pai nem me deixou acabar de falar:

— O quê? Vou para aí agora mesmo!

Depois, corri até onde fica a segurança do shopping. Não podia ver Sérgio, mas sabia que ele estava trancado ali dentro. Havia um homem na porta. Eu disse:

— Está tudo errado. Meu irmão não roubou nada.

— Que irmão?

— O menino que vocês prenderam no primeiro andar.

— Não vem com história. É claro que aquele menino não é seu irmão.

— Ele é negro, mas é meu irmão. É, sim!

— Para de fazer barulho, garoto. Nós já chamamos a polícia. O marginalzinho vai ver o que é bom pra tosse!

Esperei, nervoso. Puxa vida! Pensei, preocupado: "Sérgio, que é tão medroso, passar por uma coisa dessas". E, enquanto esperava, cheguei a uma conclusão.

Sérgio fora preso porque era negro. Só por ser negro, pensaram que era marginal. Sabia que ele não roubara o boné. Estavam fazendo confusão, porque ele tinha um boné novinho na cabeça e pensaram que havia pego da loja.

— Mas... e se fosse eu?

Lembrei de uma vez, há muito tempo, em que peguei um caminhãozinho numa loja e comecei a brincar no chão. Minha mãe estava no outro canto, fazendo compras. Quando o vendedor percebeu, pegou o caminhãozinho da minha mão, com muita delicadeza, e explicou que eu não podia brincar com ele.

Ninguém chamou a polícia.

Acharam que Sérgio era marginal por causa de sua cor.

Dali a pouco, chegaram dois policiais, acompanhando uma senhora bem vestida, com ar simpático. Corri até ela.

— Está todo mundo errado! Ele é meu irmão!

O policial ficou bravo:

— Do que você está falando, moleque?

Insisti:

— Ele não é marginal!

A mulher olhou para mim, interessada:

— Você está falando do garoto que viemos buscar?

— É isso mesmo! Eu comprei o boné. Eu tenho a nota fiscal. Um pra mim, outro pra ele.

O segurança que estava na porta avisou:

— Esse menino está fazendo confusão.

— Não é confusão coisa nenhuma! Eu explico tudo.

A mulher pensou um pouco e disse:

— Vamos entrar. Quero ver o garoto.

Entramos numa sala minúscula. Sérgio estava sentado numa cadeira, muito assustado. Tinham tomado o boné dele. Nunca vou esquecer o medo que vi em seus olhos. Corri até ele e o abracei:

— Sérgio!

A mulher perguntou:

— Você é mesmo irmão dele?

— Ele é, sim! — disse uma voz.

Era meu pai. Finalmente, chegara! Estava parado na porta, horrorizado com a situação.

— O senhor conhece os garotos?

— Leonardo é meu filho, e Sérgio está sendo adotado. É sobrinho direto. Quero saber por que ele está aqui, sendo coagido.

Os seguranças ficaram assustadíssimos. A mulher explicou que era comissária de menores e tinha sido chamada porque, segundo fora informada, havia um garoto de rua solto no shopping.

— Vocês vão me explicar o que aconteceu.

Chamaram o dono da loja. A comissária de menores pediu para ver o boné, que fora guardado pelos seguranças.

— A etiqueta é de outra butique.

— Claro — eu disse —, comprei em outra loja.

O acusador ficou completamente sem jeito:

— É que eu vi o menino parado em frente aos meus bonés, com outro igual na cabeça, e pensei... pensei que ele estava roubando.

Meu pai ficou mais furioso do que eu já estava.

— Pensou e foi chamando a segurança, sem nem mesmo confirmar. Eu posso processar o senhor e o shopping.

Todo mundo começou a pedir desculpas. A comissária disse que meu pai tinha razão. O dono da loja disse que fazia questão de dar mais bonés pra mim e pro Sérgio. Meu pai não aceitou. Foi até Sérgio e o tirou da cadeira.

— Vamos embora, meu filho.

Mas tudo que aconteceu em seguida foi horrível!

Sérgio tremia tanto que nem conseguia ficar de pé. Quando levantou, encarou fixamente os policiais e os seguranças.

Deu um grito.

E desmaiou nos braços de papai.

Ficamos horas e horas no pronto-socorro. Mamãe veio se encontrar com a gente. Mais tarde, o médico veio falar conosco. Sérgio tinha saído do estado de choque, mas seria bom que ficasse até o dia seguinte em observação. Mamãe resolveu dormir com ele, num quarto do hospital. Eu e papai fomos para casa.

Sentamos na sala e durante muito tempo nada falamos. Finalmente, ele comentou:

— Dia difícil, hem, filhão?

De repente eu senti necessidade de falar tudo o que estava preso na minha garganta.

— Não foi só hoje. Pai, eu não aguento mais!

Então eu falei e falei. Contei a proibição de nadar no prédio da Joyce e da Clarice. Da turma, que andava me evitando. Da situação horrível no shopping.

Ah, eu não queria mais continuar trancado em casa dia e noite com um irmão postiço que nem conversar sabia!

Não queria perder meus amigos só por causa dele! Não queria deixar de ir ao shopping, porque meu irmão parece um trombadinha!

— Eu quero voltar a ser como antes, pai! É muito chato ter um irmão negro!

Meu pai ficou me olhando um bom tempo. Depois resolveu falar:

— Se ele fosse branco seria mais fácil?

— Seria, pai. Seria!

— Mas a gente não pode pintar a pele dele!

— Eu sei!

— Então, vamos conversar.

Meu pai falou durante muito tempo. Explicou que nos Estados Unidos o preconceito racial é tão grande que até existem organizações que cometem violências contra os negros. A mais famosa delas surgiu há muito tempo, a "Ku Klux Klan"! No passado, até matava negros. Hoje, exerce o racismo abertamente. É uma organização de brancos que surgiu após o fim da escravidão.

No Brasil, explicou meu pai, o preconceito é disfarçado. Mas existe. Quantos negros a gente vê no shopping, por exemplo? Em compensação, quantos negros ou afrodescentes em geral estão na rua, pedindo esmola? Não é que não existam brancos pobres, passando fome. Claro que existem. Mas os negros têm menos oportunidades. E se o pai e o avô tiveram menos chances, assim também será com o filho.

— É uma sociedade na qual o negro e todo afrodescendente têm poucas chances de estudar, de aprender, de crescer profissionalmente — disse meu pai. — Será que isso está certo? Durante muito tempo, a economia do Brasil dependeu dos negros. Do trabalho escravo, feito por homens comprados na costa da África. Até o fim da escravidão, os brancos tratavam os negros como animais. A palavra mulato, por exemplo, que a gente usa sem pensar, vem de mula. Como se os negros fossem uma espécie de burro de carga. Eu mesmo, não acho correto usar essa palavra, devido a sua origem. Prefiro afrodescendente. Com o fim da escravidão, muitos brancos continuaram agindo como se os negros tivessem menos direitos.

Papai continuou falando:

— No entanto, boa parte das famílias brasileiras tem sangue negro na origem. Mesmo que seus descendentes não aparentem.

— As pessoas namoram, amam, têm filhos. Os tipos humanos se mesclam. Ainda bem. Mas muita gente age como se isso não fosse verdade. Você já pensou, por exemplo, no número de piadas sobre negros que corre por aí?

— Claro, pai. Eu mesmo já ouvi várias.

— Todas elas mostram o negro em situações feias. De acordo com essas piadas, ele sempre é burro, ladrão, malandro. Contá-las é uma forma de estimular o preconceito.

Finalmente ele chegou ao cerne da questão.

— Eu sei que é difícil, filho. É muito mais difícil do que se ele fosse branco, de olhos azuis, como você. Mas será que tudo na vida deve ser fácil?

Papai continuou falando sobre suas ideias.

— O que faz o homem diferente dos animais? Nós construímos uma civilização. Somos capazes de fazer foguetes, de criar espécies de plantas, de descobrir remédios, de criar bombas que destroem a Terra em minutos, de inventar tratamentos para doenças horríveis.

— Nós... nós temos a inteligência, não é? — respondi.

— De que vale a inteligência, se não soubermos melhorar nossa capacidade de amar o próximo? Mudar nosso coração? — perguntou meu pai.

Olhei para meu pai. Seus olhos brilhavam, como ficava quando se entusiasmava por algum assunto. Ele continuou:

— A civilização só valerá a pena quando todos os homens forem irmãos. Se o homem ataca seu irmão porque ele tem a pele diferente, é pior que os animais. Pelo menos os bichos costumam defender sua própria espécie.

Meu pai falou de muitas coisas bonitas, durante bastante tempo. Explicou também que muita gente tem, sim, preconceito. Ter um irmão negro pode ser difícil. Mais difícil ainda é ser o próprio negro, sentindo na pele a dor do preconceito.

— Superar as dificuldades, isso sim é que é bonito. Isso é que faz de um garoto um homem. É o que transforma um homem numa pessoa melhor. Ao contrário, uma pessoa cheia de ódio, de preconceito, nunca poderá ser feliz.

Quando meu pai terminou, fiquei pensando muito tempo. Ele falara de coisas novas. Em parte, eu conseguia entender. Mas também continuava revoltado.

Por que eu, que tinha pele branca e olhos azuis, era obrigado a sofrer os mesmos problemas que os negros?

Não seria melhor entregar meu primo pra minha avó, ou pro meu tio? Ou descobrir onde andava o pai dele e devolver?

Eu queria que tudo voltasse a ser como antes.

Ah, se fosse possível! Eu não queria mais ter um irmão!

No dia seguinte, Sérgio voltou para casa. Continuava calado, mais triste que antes. Passou o dia todo em um canto, brincando sozinho. Para ser bem franco, eu também já não tinha muita paciência com ele. Resolvi sair um pouco.

Primeiro, passei na Nice. Não estava. Andei até a pracinha. Talvez encontrasse alguém da turma. Queria bater um papo, brincar. Estava vazia. Esperei, ninguém apareceu. Já estava pensando em ir embora, quando vi Clarice. Ela veio conversar, toda sorridente.

— Oi, Leo.

Fingi que estava bravo com ela. Na verdade, eu estava louco para saber da turma.

— Que foi, Clarice? Primeiro vocês me cortam da piscina e agora você vem pro meu lado toda simpática?

— Se você quiser nadar lá no prédio, tudo bem. Sabe o que é, Leo... É que minha mãe não gostou do seu primo.

— Irmão.

— Mas é claro que ele não é seu irmão. Qualquer um vê!

Olhei para Clarice, pensativo. Ela parecia mais bonita. Os cabelos tinham crescido, ela havia engordado uns quilinhos. Melhor ainda: não estava mascando chiclete. Dei o meu sorriso "super X" e perguntei.

— Você quer que eu vá?

— Claro que quero.

— Você tem saudade de mim?

Ela pensou um pouco e respondeu:

— Ih, Leo, quanta pergunta. Quer saber? A piscina não tem graça sem você. Vai nadar comigo, vai!

— Só vou se você me der um beijo.

— Ai, Leo, que feio! Uma coisa não tem nada a ver com a outra.

— Pra mim, tem. Dá um beijo que eu vou nadar.

Eu estava entusiasmado com a mudança das coisas. Há um minuto não tinha com quem falar. Agora Clarice estava praticamente implorando para namorar comigo. Olhei para seus lábios: eram vermelhos como morangos.

— Eu só dou o beijo dentro da piscina!

— Deixa de chantagem, Clarice!

— Vai lá hoje à tarde. Estou esperando!

Dei dois pulos e saí correndo. Como diz o ditado, estava matando dois coelhos com uma cajadada só. Além de nadar, ia ficar com Clarice. Pensei em sair com ela no sábado, ir ao cinema do shopping. Pegar na mão! Pôr o braço nos ombros... e dar um beijo que nem o dos artistas de televisão.

Quando cheguei em casa, meu coração batia forte. Peguei o short na gaveta. Achei uma toalha velha, enrolei o short dentro dela. Estava superalegre. Só então percebi que Sérgio estava me observando.

Sem falar nada, apenas olhando.

Meu entusiasmo foi sendo trocado por um aperto no coração.

Eu não podia trair meu irmão daquele jeito. Não podia ir nadar justamente na piscina onde não queriam que ele entrasse. Nem mesmo para ganhar um beijo de Clarice.

Aliás, como podia pensar em ficar com uma garota que nem queria saber de meu irmão?

Guardei a toalha, o short. Peguei o telefone, disquei. A própria Clarice atendeu. Expliquei depressa:

— Eu não vou nadar aí, não.

— Ah, vem sim. Eu já falei pra Joyce que você vem, e ela ficou supercontente.

— Só se o Sérgio puder ir também.

— Ih... não dá, Leo. Minha mãe...

— Manda a sua mãe beber toda a água dessa piscina, que eu não faço questão de nadar nela.

— Não seja mal-educado. Minha mãe vai ficar chateada se eu contar, e vai reclamar pra sua!

— Pois reclame! Eu conto que ela é uma preconceituosa, que ela é contra o Sérgio! Quero ver pra quem minha mãe dá razão!

— Para de xingar minha mãe. Para! Para de defender esse tição.

— Tição é a vó. Meu irmão tem nome. É Sérgio.

— Se você continuar falando desse jeito, eu nunca vou beijar você. Nunca, seu grosso!

— Posso ser grosso, mas não sou burro e preconceituoso como você, sua mãe e sua irmã. Quer saber? Eu é que não quero beijar você. Você é muito criança pra mim!

— Eu? Você é que tem cheiro de leite!

— E você usa fraldas!

— Burro!

— Chata! Miss Chiclete. Chicletuda!

— Não me chama de Chicletuda que eu nunca mais falo com você.

— Pois eu é que não falo mais!

Plac!

Ela bateu o telefone. Bati também.

"Péssimo começo de namoro", pensei.

Sérgio estava na minha frente. Tinha ouvido toda a conversa.

— Se você quiser ir nadar, tudo bem. Eu não ligo — disse.

Meu irmão estava por dentro de tudo! Fiquei sem jeito. Respondi:

— Eu também não ligo.

Eu e ele nos olhamos um tempão. O que dizer nessas horas? Sabia que ele entenderia se eu ligasse pedindo desculpas. Fosse nadar. Clarice faria um sermão, mas me perdoaria. Tinha certeza! Mas no fundo do meu coração, eu sabia: não podia ir nadar. Seria como se estivesse construindo um muro entre o Sérgio e eu.

No início, seria um muro pequenininho, e a gente se entenderia todas as vezes.

Mas cada vez que eu saísse com meus amigos, sem levá-lo comigo, o muro aumentaria.

Ele encontraria outros amigos, eu sei. Mamãe estava providenciando os papéis, já havia conseguido a vaga na escola. Ele iria conhecer gente, teria sua própria turma. Mas não seríamos como dois irmãos, amigos e companheiros. Eu seria um estranho para ele. E Sérgio, um estranho para mim.

Lembrei das palavras de meu pai.

É assim que devem viver os homens? Aceitar o preconceito, a dor, o medo, só porque é mais fácil?

Claro que seria mais fácil ter um irmão loiro como eu. Claro que seria mais fácil ter continuado a ser filho único.

Mas o Sérgio agora era meu irmão. É como um irmão que eu devia me comportar. Com a mesma amizade, com o mesmo amor do irmão dos meus sonhos. Mesmo porque... foi então que eu percebi, eu já gostava dele! Gostava, sim!

Quando a gente gosta de alguém, deve gostar da pessoa como ela é. Não podia pensar que seria mais fácil ter um irmão branco, se o que tenho é negro. "Quero ser amigo dele", pensei. "Um homem só é homem quando ouve seu coração."

Tem coisas que a gente não precisa explicar com palavras. Simplesmente mudei de assunto. Ofereci:

— Quer um doce?

Fez que sim com a cabeça. Sérgio era pior que formiga.

Estávamos sozinhos em casa. Fui até a cozinha, abri a geladeira. Vazia. Vasculhei o armário e decidi fazer uma coisa que não costumo: abrir uma lata de doces! Mamãe sempre tinha alguma reservada para a sobremesa, no caso de vir visita. Mas era uma ocasião especial! Quando eu explicasse, ela entenderia! Peguei uma lata de pêssegos em calda. Sérgio me observou quando abri a gaveta para pegar o abridor.

Temos um ótimo, fácil de usar, mas não achei de jeito nenhum. Que desespero!

Quem gosta de doce sabe exatamente como eu me senti. A lata estava na minha frente, cheia de deliciosos pêssegos em calda! Só precisava abrir. Fiquei doido! Se eu tivesse uma dinamite, era capaz de pôr na tampa da lata. Que raiva! O doce estava lá, na nossa frente, e só bastava dar um jeito de abrir aquela lata chata!

Vasculhei todas as gavetas. Acabei encontrando um abridor velho, quase sem corte.

Não quis esperar nem um minuto. Botei o dito-cujo na tampa da lata e fui abrindo do jeito que dava. Belo esforço! O abridor saía, arranhava. A lata virou duas vezes. A calda escorreu pela pia. Um desespero. Finalmente, a vitória! A tampa desprendeu. Eu estava tão farto de dar duro com a lata que me distraí.

Cortei o dedo na tampa.

Quando vi, o sangue escorreu pela minha mão.

Sérgio deu um grito. Um grito terrível, como nas outras vezes. Mais que com o sangue, fiquei assustado com o terror que vi no rosto de meu primo.

Olhava o sangue. Apavorado. Seu corpo inteiro tremia.

Ele pôs as mãos no ouvido e saiu correndo.

Enquanto corria, gritava, gemia, soluçava.

— Não! Não, por favor, não!

Corri lavar o dedo, passei um antisséptico. E corri atrás dele. Encontrei Sérgio encolhido do lado do armário, gemendo e chorando. Eu me encostei do lado dele, abracei bem forte.

— Sérgio, não tenha medo. Foi só um corte.

— Não... não! — ele chorou.

Num instante, percebi o que estava acontecendo. O sangue fez com que Sérgio se lembrasse de algum acontecimento pavoroso. O mesmo que fizera com que ele corresse ao ouvir a música. Lembranças que, de tão fortes, provocaram seu desmaio quando viu os seguranças e os policiais armados. Tomei coragem e insisti:

— Sérgio, conta pra mim. O que aconteceu com você? Não tenha medo, Sérgio, pode contar. Você está aqui, em casa, longe de tudo. Eu protejo você. Sérgio, sou seu irmão! Seu irmão!

Ele começou a chorar mais alto.

Mas, à medida que chorava, foi desatando as palavras. Algumas vezes não saíam inteiras. Outras, repetia a mesma frase.

Sérgio me contou tudo.

Uma história de arrepiar.

Eram pobres, muito pobres. Não havia dinheiro pra nada, e Sérgio ajudava carregando sacolas nas feiras livres dos bairros ricos, engraxando sapatos no Mercado Modelo, o mais famoso de Salvador. Tia Edna costurava ou fazia sanduíches para vender na praia. As férias eram a melhor época, pois a cidade se enchia de turistas. Sérgio e a mãe passavam o dia na areia, de cesta na mão, gritando:

— Sanduíches naturais! Coxinha, empadinha!

Ainda recordava a voz da mãe, delicada:

— O que o senhor prefere, atum ou pasta de queijo?

— Este de ricota está uma delícia!

Mas um dia ela caiu doente. A comida foi acabando. Pequeno daquele jeito, Sérgio tornou-se o homem da casa.

Os vizinhos até que ajudaram bastante no começo. Mas eram tão pobres quanto eles. Quem nada tem pouco pode oferecer. Não havia mais pó de café, leite, arroz, feijão. A despensa vazia, a mãe na cama. Chamaram um médico amigo, que abanou a cabeça e deu uma receita com um monte de remédios que eles não podiam comprar.

Sérgio continuou a trabalhar na feira. Mas agora ficava até mais tarde, ajudava os comerciantes a retirar as barracas em troca das laranjas amassadas, das verduras murchas. Da xepa. Do que sobrasse, enfim. Corria para casa com os braços cheios do que conseguia levar. A mãe ensinou alguma coisa, o resto ele aprendeu com a vizinha da casa ao lado (a mesma que mais tarde escreveu à mamãe). Botava tudo no fogo, fervia com alho e cebola. Fazia um caldo grosso. Disso passaram a viver. Era sopa de alface com cebola e repolho misturada com banana. Mandioca com almeirão e tomate. O gosto podia não ser dos melhores, mas enchia a barriga.

Conseguiu vender um rádio velho, a aliança da mãe e um anel que restou dos bons tempos. Juntou com as gorjetas, levou a receita e o dinheiro na farmácia. O farmacêutico leu e aconselhou a levar apenas dois dos remédios, os mais importantes. Depois abanou a cabeça como fez o médico. Todos faziam a mesma expressão de desalento quando falavam de sua mãe.

Os vizinhos tentaram um hospital, não havia vaga. Nem esperança. Tia Edna faleceu em poucas semanas, na cama. Segundo mamãe havia me explicado, era um caso grave.

Na primeira noite, Sérgio dormiu na sala da vizinha. No mesmo dia, assaltaram sua casa, levaram as poucas coisas de valor que sobraram, como um retrato com moldura de prata, que fora de sua avó paterna. O aluguel estava atrasado, o dono da casa queria retomar o imóvel. Falavam em mandá-lo para um orfanato. Sérgio resolveu fugir. Passou a viver nas ruas.

Foi então que a vizinha, velha amiga da mãe, lembrou da família, que vivia em São Paulo. Achou o endereço, enviou a carta. Enquanto isso, Sérgio se perdia pela cidade. Tentou voltar para casa, não pôde. O proprietário havia trocado a fechadura. Disse que tudo que havia lá dentro seria dele, se ninguém pagasse as contas atrasadas. Sérgio respondeu que estava esperando a tia, que logo viria buscá-lo. Era sua única esperança: a tia Edith, minha mãe, para quem a vizinha escrevera. Sérgio implorou para que a vizinha não chamasse o comissário de menores. Tinha medo das instituições, onde tantos amigos tinham ido viver. Pois, cada amigo que era levado, tinha um destino pior que o outro. Quando ouvira falar deles, mais tarde, fora nas páginas dos jornais mais sangrentos, depois de um roubo malsucedido. Fugiu novamente. Disse à vizinha que ia ficar na casa de um amigo — é claro que ela não acreditou, mas o que podia fazer? Prometeu passar todos os dias, na esperança de que a tia de São Paulo aparecesse. Mais tarde soubemos que a vizinha enviou três cartas, que voltaram por erro de endereço. Finalmente, no correio, um funcionário ajudara a remeter corretamente.

Esse tempo todo Sérgio viveu nas ruas.

Foram dias difíceis, mas não tão duros como durante a doença da mãe. Salvador é quente. Dormir na sarjeta, no vão de uma porta, na praia, não é tão difícil assim. Comida, havia. Os comerciantes do mercado e os feirantes, que já o conheciam, sempre lhe davam uma fruta. Ajudava a carregar sacolas e ganhava para um sanduíche. Era duro, mas não impossível.

Fez amizade com outros meninos que, como ele, dormiam nas ruas do Pelourinho ou nas praias desertas. Em poucas semanas, passou a dormir com os bandos, a participar das farras. Experimentou bebida forte.

Talvez ele nunca mais procurasse a vizinha, se não fosse um acontecimento horrível. Estava se acostumando com aquela vida sem rumo, com os novos amigos, para quem dia ou noite, sábado, domingo ou dia de semana não tinham diferença nenhuma. Até a tarde em que um dos garotos chegou esbanjando grana. Tinha mais dinheiro nos bolsos do que Sérgio jamais vira. Comprou sorvetes para todo mundo, duas garrafas da branquinha, um monte de acarajés. O chefe do grupo perguntou de onde vinha toda aquela quantia. O garoto disfarçou, disfarçou, mas acabou contando a verdade. Era roubo. Foi um susto, porque, quando examinaram a carteira surrupiada, viram os documentos do dono.

Era um homem importante. Na cidade inteira, todo mundo sabia: tinha amigos políticos, vivia no mundo dos grã-finos. Sua fortuna tinha origem nas drogas. Era conhecido e temido por todos os bandos.

— Como você conseguiu afanar a carteira desse cara poderoso? — perguntou o líder.

Nem o garoto conseguia explicar como pegara o dito-cujo distraído, ou como não fora agarrado por seus seguranças. Aconteceu durante a inauguração de uma avenida da cidade. Ele estava no meio de um monte de gente engravatada, no alto de um palanque. O garoto deslizou pelos cordões de proteção, subiu no palanque, ninguém viu. Talvez tivesse sido confundido com o filho de algum participante, pois não estava malvestido. Em cidade de praia, as roupas se confundem. Pobres e ricos usam short e camiseta a maior parte do tempo. Pegou a carteira suavemente, desceu do palanque e saiu correndo.

— Ele viu você? — perguntou o mais velho do bando, com medo.

— Viu — disse o ladrão com olhos arregalados também.

No momento em que ele estava passando por baixo do cordão, o homem sentiu a falta da carteira. Olhou, viu seu rosto quando fugia. Fez um sinal. Dois seguranças o perseguiram. O assaltante foi mais rápido.

— Nem acreditei quando abri a carteira e vi aquele monte de dinheiro.

— Mas você não viu que era ele?

— Não. Só agora, por causa do nome nos documentos.

— Entramos numa fria — disse o chefe.

A noite caiu e, com ela, desceu o terror. Os garotos ainda tentaram se esconder. Mas não havia quem pudesse fugir de uma rede bem armada. O homem queria vingança. Sua autoridade no mundo do crime seria abalada se perdesse a carteira para um ladrãozinho de rua e não se vingasse! Seria uma noite de sangue, e todos eles sabiam.

Enquanto as famílias terminavam de ver as novelas e jantavam em suas casas, os garotos de rua ouviram os primeiros carros. Sirenes.

Naquela noite, quem tinha mãe, parente ou amigo tentou fugir. Muitos foram arrastados dos barracos, colocados nos carros, rodaram pela noite. O grupo de Sérgio tentou se ocultar nas pedras da praia, não conseguiu.

O homem esperava diante do carro. Um a um, os garotos foram levados até ele. Apanhavam, caíam de joelhos. Um rádio tocava alto, para ocultar os gritos. O homem olhava, depois dizia:

— Não é este, não.

Sérgio foi agarrado como os outros. Levou bofetadas. Finalmente, foi posto em uma longa fila de garotos amarrados uns aos outros. Dos prédios, as pessoas podiam ver. Mas fingiam que nada estava acontecendo.

Finalmente, o homem reconheceu o assaltante.

— Devolve a carteira.

Tremendo, o garoto estendeu o produto do roubo. O homem abriu, examinou. Nem olhou se tinha dinheiro. Buscou um compartimento fechado a zíper, tirou uma foto três por quatro, sorriu, aliviado:

— Sorte sua, que não mexeu na foto da minha filha.

O garoto ainda sorriu, achando que ia ser perdoado. Sérgio também teve esperança. Que nada! O homem continuou, com o mesmo sorriso:

— Se tivesse mexido na foto da minha filha, ia morrer gemendo. Eu prefiro que seja diferente. Não gosto de ver criança sofrer.

Entrou no carro e fez um sinal de cabeça para os capangas. No escuro, Sérgio distinguiu o rosto de um policial que trabalhava no Mercado Modelo. Pensou em gritar seu nome, pedir socorro. Mas a voz nem saiu, de tanto medo. E foi melhor, porque ele estava com os outros.

Os homens enfiavam os garotos, todos, sem exceção, dentro dos carros. Desesperados, os garotos batiam nas portas trancadas. Sérgio não conseguia entender. Não havia feito nada. Pra onde estava sendo levado? Os carros partiram.

Foram para longe da praia, num barranco, perto do rio. Desceram do carro. Sérgio ainda

pensou, porque a esperança é a última que morre: "Vão soltar a gente aqui, longe da cidade!"

Então o rádio começou a tocar mais alto. Mais e mais alto. Era um rock pesado, que Sérgio nunca mais pôde esquecer. Disfarçado pelo rock, começou um outro som. Parecia, a princípio, o ruído de fogos de artifício. Pipocava. Os meninos foram caindo, com o sangue jorrando pelos buracos feitos na cabeça, no peito, com os gemidos e gritos sufocados pelo terror.

A metralhadora continuava, implacável.

Sérgio caiu também. Desmaiou de medo.

Acordou com o dia alto. Sol na cabeça. Pensou que estava morto, ao ver o sangue seco nos corpos de seus amigos, as feridas infestadas pelas moscas. Demorou para perceber que estava vivo.

Não tinha ferimento algum.

Quando desmaiou, na escuridão, foi dado como morto também. Talvez tivessem passado por ele, chutado. Não reagiu, em estado de choque. Estava sujo, mas somente com o sangue dos outros.

Demorou muito tempo para se acalmar e perceber que não havia ninguém por perto. Examinou seus amigos. Nenhum vivo. Foram mais alguns minutos terríveis, apavorantes, para desamarrar as mãos e deixar aquele barranco banhado em sangue.

Correu pelo descampado quando ouviu o barulho de um caminhão. Conseguiu se esconder a tempo.

Viu quando os homens chegaram com pás. Os mesmos da noite anterior. Cavaram durante muitas horas. Tempo em que Sérgio ficou escondido, sem fazer um movimento. Só se levantou quando todos partiram, e os corpos tinham sido enterrados. Não havia mais sinal da matança.

Era quase noite.

Foi andando, caindo de fome e sede. Parou num bar, conseguiu um sanduíche de pão velho. Com a condição de ir para longe. Dar o fora. O dono e sua mulher tinham ouvido o rugir da metralhadora, gritos e gemidos. Mesmo assim, preferiram ficar calados, porque isso era normal naquela região. Não queriam ser vistos com o garoto. Nem ser testemunhas. Muito menos, ajudar.

Caminhou até os pés ficarem cheios de bolhas. Não tinha coragem de parar para descansar nem por um segundo. Temia que os homens estivessem atrás dele. Depois de muitas horas, chegou a sua antiga casa. Estava escura.

Forçou uma janela, deitou em sua cama. Chorou a noite toda, lembrando de sua mãe e do tempo feliz em que viveu com ela. Eram pobres, mas ele tinha casa. Tinha cama e o que comer. Sobretudo, não tinha medo de ser caçado como um bicho.

Passou um dia trancado, sem comer.

No outro, mamãe chegou para buscá-lo. Estava salvo!

Quando veio morar conosco, não encontrou só uma família.

Ganhou a vida.

É claro que contei a história de Sérgio com minhas próprias palavras. Só agora posso fazer isso. Ao ouvir tudo, fiquei tão chocado que nós nos abraçamos por horas e horas, sem falar. Quando mamãe e papai chegaram, ficaram surpresos com o silêncio da casa. Até pensaram que tinha acontecido alguma coisa, pois a lata de pêssegos estava derrubada na pia e havia um rastro de sangue até meu quarto. Nunca vou esquecer o grito de mamãe, quando nos encontrou, com as manchas de sangue do meu dedo por toda a roupa. Por sorte, meu corte sarou sem inflamar.

Fiz questão de contar a história de Sérgio para meus pais no mesmo instante. Ele tinha medo de falar. Era seu segredo. Mas, agora, não podia mais ser segredo! Quando comecei, ele foi me corrigindo nos detalhes, e, à medida que falava, parecia chorar menos. Como se fosse mais fácil contar pela segunda vez.

Meus pais ficaram chocados. Depois de tudo, minha mãe foi à cozinha, preparou um jantar rápido. Salvou os pêssegos e deixou a gente comer à vontade. Meu pai pegou o telefone e ligou para um advogado que defende os direitos humanos.

Essa é uma outra história, mas vou simplificar.

Baseado no relato de Sérgio, um grupo de advogados fez uma denúncia. Descobriram o lugar da chacina e os corpos enterrados. Foi um escândalo que chegou até as páginas dos jornais internacionais. O mundo inteiro falou nisso. A imprensa falou da existência de uma testemunha que sobrevivera, mas que ninguém sabia quem era.

Sérgio passou dias reconhecendo fotos, na polícia, junto com meu pai. Lembrou o nome do policial que reconheceu. Foi uma sorte não ter gritado o nome durante a chacina. Certamente teria sido morto no ato. O homem foi o primeiro a ser preso. O processo contra os assassinos será demorado. Principalmente porque Sérgio é menor de idade e tudo deve ser feito com muito cuidado. O importante, porém, é que o crime foi denunciado e o grupo de advogados fará o possível e o impossível para que não seja esquecido.

Depois que Sérgio desabafou, tornou-se muito diferente.

Parece que ficou mais vivo, com outro brilho no olhar. Conta outras histórias da Bahia, inventa maneiras de a gente ganhar dinheiro. Foi ideia de Sérgio, por exemplo, fazer sanduíche natural e vender na porta dos estádios de futebol. Minha mãe não queria que a gente fizesse isso. Só aceitou depois que prometi pagar os pães, a ricota e os outros ingredientes com o rendimento das vendas. Valeu a pena. Ganhamos um dinheirão e até consegui comprar um novo cartucho de *video game*. O melhor é que ainda conseguimos assistir aos jogos de graça!

Descobri, aos poucos, que meu irmão tem muita coisa pra me ensinar. Descobri também que algumas coisas podem ser difíceis, mas por isso mesmo, quando conquistadas, parecem ter mais valor!

Acreditem ou não, estou falando nisso por causa de Clarice.

Depois do episódio da piscina, pensei que tudo estivesse acabado. Acreditei que nunca mais ela viria falar comigo. Mas não foi o que aconteceu. As pessoas mudam, e saber disso na prática foi também uma grande surpresa.

Poucas semanas depois, encontrei com ela na padaria. Comprava chicletes. Ficou me olhando de um jeito esquisito. Fingi que não estava nem aí. Posso ser grosso, mas não sou falso. Não sou do tipo que começa a sorrir e bancar o simpático se estou magoado com alguém. Olhei para ela, sério, e nem cumprimentei. Aí ela veio pro meu lado:

— Quero falar com você.

— Estou ouvindo.

— Não aqui. Outra hora, em outro lugar.

— Se é pra ficar fazendo chantagem com a sua piscina, desista. Nem tenho tempo pra nadar, se você quer saber.

— Ih, já vem você com esse negócio de piscina. Eu nem estava pensando nisso, ouviu? Leo, é sério. Preciso mostrar uma coisa.

— O que é?

— Vá me encontrar hoje à tarde na pracinha. Sozinho. Vou contar um segredo.

Quem é que resiste a um mistério? Nem almocei direito. Fui voando para o encontro. Confesso que também sentia meu coração bater depressa, como no dia em que ela prometeu o beijo. Quem sabe?

A Clarice estava me esperando, com um envelope na mão.

— Veja!

Ela me entregou um envelope. Abri. Era a foto de uma preta muito velha, de roupa comprida. Uma dessas fotos preto e branco amareladas, de muito tempo atrás.

— Por que você me mostrou essa foto?

— É minha bisavó. Estava guardada no álbum da minha avó.

Clarice estava tão envergonhada que nem tinha coragem de falar. Acontecera o seguinte: depois da minha briga, Clarice ficou muito chateada. Conversou com a mãe, ela foi irredutível. Não queria Sérgio na piscina, de jeito nenhum. Um domingo, quando foi visitar a avó, passou o dia quieta, sem alegria. A avó estranhou. Perguntou o que estava acontecendo. Clarice contou toda a história da piscina. Da proibição, porque Sérgio era negro. A avó abanou a cabeça.

— Sua mãe não tem jeito. Como pode ser racista, se tem sangue negro também?

Foi então que Clarice descobriu. Ela, a avó, era filha de mãe negra. A mãe de sua mãe, trisavó de Clarice, era escrava. Tivera uma filha com o dono das terras onde vivia.

— Sou filha dessa filha — disse a avó. — A nossa cor foi clareando com as gerações, porque eu casei com um italiano. Mas é por causa dessa bisavó que você tem essa cor moreninha e esses cabelos cacheados. Já notou também como seus lábios são grossos, bonitos e bem desenhados?

Clarice correu para o espelho. Agora que a avó dissera, percebera que vários de seus traços lembravam os dos negros. Eram apenas mesclados com os dos brancos.

— Mas eu adoro meus cabelos, e todo mundo diz que minha boca é linda! — surpreendeu-se. — Eu devia agradecer minha bisavó!

— Não sei como sua mãe pode proibir o garoto de ir à piscina — reclamou a avó de Clarice. — É uma atitude muito feia. Será que ela tem vergonha da própria família?

A avó conversou muito com Clarice. Explicou que a maior parte das famílias brasileiras tem um antepassado negro, embora muitas neguem isso. Segundo sabia, dependendo dos casamentos entre famílias, é bem possível que marido e mulher brancos tenham um filho com traços mulatos.

— Muita gente descende de negros! Alguns esquecem de suas origens. Mas sua mãe, não! Ela sabe muito bem! Que ingrata!

Verdade. A mãe de Clarice passara a infância nos braços dessa avó mulata. Comera o doce de abóbora que ela fazia tão bem. Adulta, nunca quis apresentar a avó ao noivo tão branquinho.

— Uma pessoa deve se orgulhar de quem é — disse a avó.

— Você acha que ela seria tão bonita se não tivesse herdado certos traços? Os mesmos que ela passou pra você?

Quando descobriu tudo sobre a bisavó negra, Clarice ficou até magoada com a mãe. Não conseguia entender seu modo de ser. Fez questão de levar a foto da bisavó, filha de escrava. Foi para casa e mostrou. Joyce não quis acreditar, nem mesmo vendo a foto. A mãe ficou brava. Não queria falar sobre o assunto.

— Você já notou como o cabelo da Joyce é crespinho?

— Puxa, é verdade! — respondi.

Eu estava completamente surpreso. Primeiro, pela história toda. Segundo, pela atitude de Clarice. Que novidade!

— Eu pensei muito, Leo. Não quero ser como a minha mãe. Eu quero ter orgulho de mim mesma!

Aí ela me olhou bem nos olhos, como fazem as atrizes de novelas quando vão falar uma coisa muito importante, e disse:

— Eu quero ser sua amiga, Leo. Sua e do Sérgio.

Nem sei o que me deu na cabeça. Estendi as mãos, toquei seu rosto, fiz um carinho. Ela me fitou, surpreendida.

Puxei sua cabeça. Dei um beijo em seus lábios.

Ela me beijou um instante. Em seguida, deu um gritinho e correu, rindo sem parar.

Antes que fosse embora, gritei:

— Volta amanhã!

Clarice gritou, ainda rindo, não sei se de vergonha ou de alegria:

— Amanhã!

Dei um pulo! Meu coração bateu depressa de tanta felicidade.

Por incrível que pareça, ainda não cheguei ao fim da história.

Um mês depois de Sérgio ter contado tudo, um homem apareceu na minha casa. Era alto, forte. Negro.

Quando entrei com Sérgio, ele estava na sala com mamãe e papai. Conversavam, riam. Mas, quando viu meu irmão, levantou-se emocionado:

— Sérgio!

Sérgio nem reconheceu o homem, pois não se viam havia muito tempo.

— Sou seu pai.

Os dois se abraçaram. Senti um aperto no coração. Será que eu ia perder meu irmão, agora que estávamos nos dando tão bem?

O homem explicou. Depois de muito tempo, fora visitar a família. Descobriu que Edna tinha falecido e conseguiu nosso endereço com a vizinha.

— Fui muito irresponsável. Desapareci todos esses anos.

O pai de Sérgio fora viver no exterior, trabalhando numa companhia que fazia estradas nos lugares mais distantes do mundo. Agora estava contratado para um emprego na África.

— Depois que me separei, consegui terminar meu curso de Engenharia. Queria começar uma vida nova. Sei que estava errado, não se abandona um filho dessa maneira. Espero que você já tenha idade para entender, Sérgio. Vamos ser amigos, meu filho?

Não tinha se casado novamente, pois vivia sempre mudando de país. Morava nas vilas construídas pelas empresas, perto de obras gigantescas de concreto.

— Escrevi para Edna muitas vezes, mas ela nunca respondeu. Se eu soubesse da situação, teria ajudado.

— Minha irmã nunca quis depender de ninguém — explicou mamãe.

Agora ele estava disposto a levar seu filho. Explicou que talvez fosse difícil para ele se acostumar a mudar de país tantas vezes. Mas existiam escolas para estrangeiros. Ele faria o máximo para que Sérgio fosse feliz.

— Você vai gostar, garanto!

Quando ele disse tudo isso senti uma emoção tão forte que até fiquei sufocado. Ninguém podia tomar meu irmão!

— Não vá embora, Sérgio!

Não seria justo perder um irmão que fora tão duro de conquistar. Todos me olharam surpresos. Então, Sérgio respondeu:

— Eu não posso ir, pai. Não posso deixar meu irmão sozinho.

Nós dois nos abraçamos, bem forte. Notei que mamãe tinha lágrimas nos olhos.

O pai de Sérgio pensou, pensou, e acabou concordando. Com seu estilo de vida, seria muito difícil criar um filho. Para estudar, talvez Sérgio tivesse que viver longe do pai, num colégio interno. A solução era simples: continuar vivendo com a gente. Claro que não seria mais possível adotá-lo. Sérgio continuaria com o sobrenome do pai, mas na prática seria como meu irmão. O pai viria visitar o filho duas vezes por ano, ou sempre que estivesse no Brasil. Enviaria uma mesada para pagar a escola de Sérgio. E nos fez uma promessa: no fim do ano, levaria Sérgio e a mim para conhecer a África, onde estaria trabalhando. (Não nego. Estou torcendo pelas férias!)

Tudo foi resolvido definitivamente. Sérgio vai morar para sempre conosco, como o irmão que sempre quis.

E Clarice? Bem, estamos juntos até hoje. Todo dia brigo por causa do chiclete, mas não adianta. Seus lábios sempre têm gosto de hortelã, morango ou tutti frutti. No fundo, acho que, se um dia ela não mascar nenhum, vou estranhar bastante. Também não quero brigar muito, não. Acho que estou apaixonado. Antes, eu até gostava de me fazer de difícil. Agora morro de medo de brigar para sempre. Ah, como a vida é complicada!

E o Sérgio, ficou sozinho?

Coisa nenhuma. De umas semanas pra cá, anda saindo com a Nice. Mas disso vocês já devem ter desconfiado. Eles estavam de olho um no outro desde que se conheceram. O pai da Nice arrumou emprego, e ela já não gasta tanto tempo ajudando a mãe com as geleias. Sérgio não quis me contar, mas ela revelou: neste sábado, vão ao cinema juntos. Nice está resolvida, e me confessou:

— Se o Sérgio não começar o namoro, mordo a orelha dele!

Sei que foi difícil para mim, e também para ele. Mas valeu, ah, se valeu! Agora tenho um irmão, como sempre sonhei.

Um irmão de outra cor de pele, que me fez descobrir muitas coisas importantes.

Um irmão que está no meu coração!

AUTOR & OBRA

Assim como boa parte dos brasileiros, cresci ouvindo falar que, no Brasil, não existe preconceito racial. Mais tarde, quando viajei aos Estados Unidos, pude comprovar como lá é difícil o relacionamento entre brancos e negros. E só estava melhorando graças aos ativistas negros, que lutam pelos direitos iguais e a exclusão do preconceito de todas as maneiras. Somente com o decorrer dos anos, descobri como no Brasil, porém, o preconceito existe, sim. Só que é disfarçado. Não é como nos Estados Unidos, onde as pessoas falam claramente o que pensam. Aqui disfarçam, mas fazem piadas sobre os negros. Comentários maldosos. Volta e meia, há um escândalo no jornal, porque algum negro foi proibido de usar o elevador de um prédio ou coisa assim. Temos uma lei que proíbe a discriminação. Mas ela é violada todos os dias.

Quando resolvi escrever este livro, pensei muito sobre a questão do negro no Brasil. E cheguei a uma conclusão: o preconceito também é disfarçado porque a maior parte da população negra é pobre. Tão pobre que seus filhos têm menos acesso a escolas, universidades e cursos profissionalizantes. Ou seja: se alguém é criado na pobreza absoluta, sem estudo, dificilmente terá chance de melhorar de vida quando crescer. É um círculo vicioso. Por isso tantas crianças negras e mulatas estão nas ruas. Também existem meninos brancos abandonados, é claro. Mas a grande maioria que vive nas ruas é composta de afrodescendentes. Assim, o preconceito da cor se confunde também com o preconceito da pobreza. Ou você não sabia que muita gente tem preconceito contra pobres?

A situação das crianças de rua e o preconceito racial são problemas graves, que dependem de mais educação e melhor qualidade de vida para toda a população. Mas ninguém constrói uma casa sem o primeiro tijolo. Acredito que, com *Irmão negro*, todos nós poderemos pensar sobre o problema. Para os leitores brancos, será a oportunidade de refletir a respeito da realidade que nos cerca. Para os afrodescendentes, a oportunidade de encarar o preconceito e de descobrir novas formas de derrubá-lo. Resta também uma reflexão importante: o que é o povo brasileiro? Somos formados por todas as raças. Quem hoje demonstra uma atitude preconceituosa talvez tenha uma avó negra, um bisavô escravo.

Ao escrever *Irmão negro*, também quis lembrar que somos todos irmãos. E que o mundo será melhor quando tivermos todos uma grande relação fraternal.

Walcyr Carrasco

QUEM É WALCYR CARRASCO

© Álvaro Toledo Leme

Walcyr Carrasco nasceu em 1951, em Bernardino de Campos, SP. Escritor, cronista, dramaturgo e roteirista, publicou mais de trinta livros infantojuvenis ao longo da carreira; entre eles, *O mistério da gruta*, *Asas do Joel*, *Irmão negro*, *Estrelas tortas* e *Vida de droga*. Fez também diversas traduções e adaptações de clássicos da literatura, como *A volta ao mundo em 80 dias*, de Júlio Verne, e *Os miseráveis*, de Victor Hugo, com o qual recebeu o prêmio Altamente Recomendável pela Fundação Nacional do Livro Infantil e Juvenil. Em teatro, escreveu várias obras infantojuvenis, entre elas *O menino narigudo*. *Pequenos delitos*, *A senhora das velas* e *Anjo de quatro patas* são alguns de seus livros para adultos. Autor de novelas como *Xica da Silva*, *O cravo e a rosa*, *Chocolate com pimenta*, *Alma gêmea*, *Caras & Bocas* e *Amor à vida*, é também premiado dramaturgo – recebeu o Prêmio Shell de 2003 pela peça *Êxtase*. Em 2010 foi premiado pela União Brasileira dos Escritores pela tradução e adaptação de *A megera domada*, de Shakespeare.

É cronista de revistas semanais e membro da Academia Paulista de Letras, onde recebeu o título de Imortal.